A mis abuelas Ana y Pepa,
porque no había lugar mejor que sus regazos,
porque no había mejor hogar que sus abrazos,
porque todos los días, hasta los más azules,
tienen un soplo de invierno
desde que no las tengo.

Primera edición: noviembre de 2012
Segunda edición: enero de 2013
Tercera edición: junio de 2013
Cuarta edición: mayo de 2014
Quinta edición: octubre de 2016

© 2012, Raquel Díaz Reguera
© 2012, Penguin Random House Grupo Editorial, S.A.U.
Travessera de Gràcia, 47-49, 08021 Barcelona
© 2012, Raquel Díaz Reguera, por las ilustraciones

Edición, coordinación y realización editorial: Zahorí de Ideas (zahorideideas.com)
Maquetación: Naono S.L.

Printed in Spain – Impreso en España
ISBN: 978-84-488-3472-2
Depósito legal: B-3191-2013

Impreso en Egedsa

BE 34722

Penguin
Random House
Grupo Editorial

AbuelaS

de la A a la Z

Raquel Díaz Reguera

Lumen

Índice y explicaciones

*H*ay abuelas en todos los confines de la Tierra. Todos hemos conocido a una o a muchas, a las nuestras o a las de los demás. Los más afortunados trotamos algunas tardes sobre las rodillas de una abuela Consiguelotodo o nos chupamos los dedos después de paladear un abrazo de chocolate de una abuela Repostera. Muchos sabemos que hay pocas sensaciones comparables a la de quedarse dormidos en el regazo de una abuela Tejedora de cuentos o podemos presumir de haber visitado otros planetas a bordo de la mirada perdida de una abuela Lunática. Los menos suertudos quizá cayeron bajo el hechizo de una abuela Bruja y se pasaron horas convertidos en florero, o sufrieron el bocado del cerdito-hucha de una abuela Tacaña, quizá padecieron las redundantes regañinas de una abuela Tiquismiquis. Todas tienen en común que han tachado muchos, muchísimos días en el calendario, que saben lo que es *la carta de ajuste** y que tienen nietos o sobrinos nietos o niños revoloteando a su alrededor, cosas que las hacen merecedoras de este título.

A tener en cuenta

Tal vez pensarás que tu abuela es muchas abuelas a la vez. Todo tiene explicación: debes saber que a través de los siglos y de infinitas mezclas genéticas hay abuelas que son la suma de varias abuelas. Cuando acabes de estudiar los veintinueve tipos de abuelas que los expertos han clasificado, estarás preparado para analizar a la abuela que desees *.

Esta foto de familia fue tomada hace doce años. Por entonces, desconocíamos que el proceso de estudio y catalogación de las abuelas iba a ser tan largo y costoso. Por este motivo nos hemos visto obligados a volver a repetir la sesión fotográfica para que las abuelas fueran reconocibles. Algunas de ellas han insistido en que preferían que en la cubierta quedara impresa esta primera. Finalmente, han accedido a que la elegida para presentarlas en sociedad sea la foto más actual.

 Cuando encuentres este símbolo, si sueles usar gafas no tendrás más remedio que ponértelas.

* Preguntar a una abuela qué es *la carta de ajuste*.
* Que tu abuela tenga un mal día no la convierte necesariamente en una abuela Bruja.

Abuelas

Páginas especiales

Entre estas páginas se esconden los secretos mejor guardados de las veintinueve abuelas más destacables del mundo de las abuelas. Su naturaleza, sus gustos, los objetos indispensables que las hacen inconfundibles. Para no dejar escapar ningún detalle y haceros más fácil la tarea de distinguirlas con claridad, hemos clasificado en páginas especiales las características que os ayudarán a diferenciarlas unas de otras. Las mascotas, los frascos con sus aromas, sus casas, la tipología de los besos que dan.

SOS
La abuela desmemoriada no recuerda dónde ha dejado sus llaves.
No las encuentra desde la última vez que pasó por estas páginas. Si las localizas durante tu recorrido por las entretelas de este libro, te estará muy agradecida. Puedes contactar con ella en la dirección que aparece en la nota que nos ha colocado aquí.

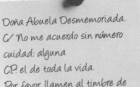

Doña Abuela Desmemoriada.
C/ No me acuerdo sin número
cuidad: alguna
CP. el de toda la vida.
Por favor. llamen al timbre de
la puerta de al lado, mientras
no encuentre mis llaves estaré
instalada en la casa de mi vecina.

Se trata de unas llaves prácticamente iguales a estas, pero no son estas, ya que con ellas no hemos conseguido abrir la puerta de la casa de la abuela desmemoriada.

Los bolsillos de las abuelas

*S*e trata de lugares misteriosos. Cerrados con cremalleras, abotonados o sin cierre alguno. En ellos puedes encontrar casi, casi cualquier cosa y a simple vista parece que tienen fondo, sin embargo, cuando una abuela mete la mano en uno de sus bolsillos... *tachan*... ya sabes, cierra los ojos y pide un deseo, con un poco de suerte se hará realidad. Hay quienes cuentan que una conocida abuela Consiguelotodo sacó de uno de sus bolsillos un elefante que se había fugado de un circo. Fuentes cercanas nos aseguran que aquel nieto lo que realmente deseó fue una jirafa (pero en los circos no hay jirafas). Desde ese día, alguna abuela Tiquismiquis, con el retintín que las caracteriza, disfruta cambiando el Consiguelotodo, por un Consiguelocasitodo.

No podemos negar que tu suerte depende de la abuela en cuyo bolsillo metas la mano, no es lo mismo hacerlo en el de una abuela Lunática que en el de una Tacaña. Los más afortunados son aquellos cuyos dedos van a parar al bolsillo de una abuela Regalona.

En estos lugares mágicos también suelen encontrarse todas las cosas que cualquier nieto ha ido perdiendo a lo largo del día.

Objetos clásicos que no suelen faltar en sus bolsillos:

Hilo para coser

Sirve para descosidos de todo tipo. Rojo en los bolsillos más alegres, blanco en los más insulsos.

Polvos de talco

Hacen que los sarpullidos desaparezcan milagrosamente. Nunca faltan en los bolsillos de la abuela Curapupas.

TIRITAS SECA-LÁGRIMAS

Protegen las heridas causadas por un zarpazo de gato de abuela Bruja. Remiendan las lagrimillas pequeñas y las más enfurruñadas.

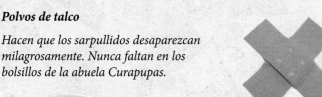

Catalejo

Para contar las estrellas que habitan en el cielo de los cuentos. Imprescindible en el bolsillo de la Tejedora de cuentos.

Cajita de latón

Habitualmente descascarillada por el paso del tiempo, dentro reposan todo tipo de cosas (según el tipo de abuela a la que pertenezca).

Semillas de manzano

Con cariño y rayos de sol crecerá un árbol al que treparán los nietos más intrépidos para mirar el horizonte.

Los recuerdos

En el corazón, justo a la izquierda del lugar donde se almacenan los sentimientos, las abuelas guardan algo muy importante: los recuerdos.

La memoria se encarga de atesorarlos cuidadosamente y de traerlos al presente cuando lo considera oportuno. Hay abuelas que tienen la costumbre de recordarlo casi todo, incluso la Desmemoriada tiene una memoria de elefante para recordar momentos que sucedieron hace (visto con los ojos de un nieto) tropecientos años. Algunas son implacables con las fechas y no se olvidan jamás del día en el que a tu padre le salió el primer diente, del nombre de la doctora que te operó de apendicitis o de la cara del acomodador del cine de su barrio.

Las abuelas más ordenadas tienen una manera inconfundible de guardar los recuerdos. Los pliegan esmeradamente y los reducen hasta que tienen el tamaño de un guisante y, así de chiquititos, pueden quedar durante años y años. Pero hay que contar con que la memoria de vez en cuando los desdobla y los infla, y los airea, y, a veces, estos pueden crecer y crecer hasta volverse completamente gigantescos, cosa que puede llegar a ser un problema porque terminan llenando de pasado el presente, y las abuelas comienzan a no tener muy claro si viven en diciembre de 1974 o en junio de 2012. Para que los recuerdos no desborden su corazón* y dejen hueco para otras cosas, las abuelas los amontonan en casi cualquier lugar. Pueden esconderlos bajo la almohada y dejarlos volar por la noche mientras todo el mundo duerme o fruncirlos en el pañuelo con el que se enjugan las lágrimas cuando una ausencia se les sube a las pestañas. También pueden encerrarlos en una caja en la que, con letra invisiblemente fácil de leer, encontraréis un letrerito en el que pone «recuerdos». Normalmente, al abrir esa caja se escapa de ella un suspiro de abuela Melancólica que quedó atrapado la última vez que alguien cerró la tapa.

* La abuela Melancólica es el ejemplo más claro de un corazón desbordado por los recuerdos. Estos salen de su pecho convertidos en suspiros.

Hemos clasificado los recuerdos en tres grandes grupos:

Recuerdos en forma de aroma

Estos recuerdos flotan en el aire, se acomodan en algún perfume, en algún guiso, en el fondo de un armario, entre las sábanas recién planchadas y te asaltan de manera inesperada al doblar cualquier esquina, al abrir una puerta o una olla. Misteriosamente atrapan a la memoria y consiguen llevarte con ella hasta un lugar y un momento ya vividos.

Recuerdos en forma de nota musical

Estribillos conocidos universalmente con letras que puedes estar cantando tres días sin siquiera darte cuenta de que lo estás haciendo. Este recuerdo vive dentro de las canciones, de las estanterías con vinilos*, de los pianos, de las bandas sonoras de películas y de las partituras. Cuando se acompaña de violines suele traer de su mano la nostalgia y una lagrimilla en clave de sol, cuando se acompaña de guitarras eléctricas puede venir de la mano de una sonrisa y una carcajada de guateque antiguo en clave de fa.

* Abuela Musical

Recuerdo impreso en papel o fotografía

Casi todas las abuelas tienen una colección de fotografías. Algunas tardes lluviosas las sacan de sus estanterías y cuentan batallas pasadas que han quedado recogidas en papel. Toda una vida plasmada en imágenes.

Abuela Arreglacosas

$\mathcal{E}$s la única abuela que sonríe cuando suena el inconfundible sonido de algo que se ha roto en manos de sus nietos. Todo tiene arreglo, puede recoger los trescientos sesenta y siete pedazos de un jarrón chino hecho añicos y, con una paciencia infinita, conseguir que vuelva a ser un jarrón chino. Sus casas están clasificadas entre las más divertidas, porque los niños pueden campar a sus anchas por todas las habitaciones jugando con lo que se les antoje: las muñecas de porcelana, los marcos de fotos antiguas, el juego de café heredado de la madre, de la madre de su madre... Nada es lo suficientemente delicado para ser intocable y si se rompe, zas, ahí está la abuela, pegamento en mano, para arreglar lo que a simple vista parece inarreglable. Son extremadamente manitas y lo mismo hacen funcionar el motor de un coche ahogado que consiguen restaurar la frescura de las flores marchitas del jardín. Al abrazar a estas abuelas hay que tener cuidado con no clavarse la punta afilada de alguna de las innumerables herramientas que llevan entre sus ropas. Son completamente incompatibles con las abuelas Tiquismiquis, estas siempre dicen de las Arreglacosas que son unas abuelas a las que les falta un tornillo.

Si los nietos tuvieran que elegir en el bolso de qué tipo de abuela les gustaría que su mano se perdiera, elegirían, sin dudarlo, el bolso de una abuela Arreglacosas.

Bolso «cachivaches»

Dentro de este bolso se encuentran todo tipo de piezas de objetos desvencijados que cualquier adulto tiraría a la basura, pero que los niños y las Arreglacosas encuentran la mar de útiles.

Taladro

Esta es la única pistola que podrás encontrar en la casa de una Arreglacosas. Con ella agujerea todo lo que se propone.

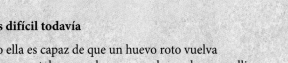

Más difícil todavía

Solo ella es capaz de que un huevo roto vuelva a la nevera tal y como lo puso en el mundo una gallina.

Abuela **Bruja**

Por suerte, no es frecuente tropezar con una abuela Bruja. Si te encuentras con una, mejor cruza de acera. Viven en casas sombrías y, por supuesto, sin calefacción. No les gustan los niños, bueno, en realidad los detestan. A los únicos a los que pueden soportar durante un corto período de tiempo, sin que su presencia les produzca urticaria, es a los nietos propios. Nada pone de peor humor a una abuela Bruja que la risa de los diminutos (así llaman a sus nietos). Son alérgicas al desenfado y a los caramelos de fresa. Cultivan flores de pétalos tristes y plantas aromáticas para sus pociones. No les gustan los días soleados, prefieren los tormentosos y las noches en las que las estrellas no acompañan a la luna. Suelen tener una verruga sobre la aleta izquierda de la nariz. Las abuelas Bruja solo quieren a sus gatos , que normalmente son negros como la noche y silenciosos como sus dueñas. Entre las cosas que guardan siempre, siempre, se encuentra un libro de hechizos.

Hechizo de abuela Bruja n.º1

(Cómo convertir a un nieto en florero)

- Un ramo de margaritas gigantes
- Un jarrón más grande todavía
- Algo de agua, poquita
- Un rincón del salón

Esperar a que la madre del niño en cuestión se vaya. Luego, con cuidadito, colocar al diminuto dentro del jarrón holgadamente, de manera que sobresalga de cintura para arriba, A continuación, poner las flores de una en una hasta conseguir ocultar al pequeño por completo. Es imprescindible saber a qué hora vendrán a recogerlo para volver a convertirlo en niño minutos antes de que llegue su madre.

Las abuelas Bruja, tal y como se muestra en el retrato de la derecha, tienen un brazo extensible para que su mascota pueda reposar sobre él cómodamente.

Las abuelas Bruja esconden en la despensa una escoba viajera con la que salen a volar por la ciudad después de que el reloj dé las doce.

Hay escobas eléctricas, con batería de litio, plegables, con motor de 500 cilindros, a pedales, tándem (para las abuelas más sociables).

Abuela Cocinilla

Son las grandes inventoras de la *traditionnelle cuisine*. Con sus recetas conquistan los paladares de los nietos más exigentes. Sus despensas siempre están llenas de deliciosos manjares y cualquier momento es el perfecto para ponerse manos a la obra y preparar un pollo al chilindrón. La cocina es su oficina y allí reciben a conocidos y desconocidos, por lo que es imposible salir de casa de una abuela Cocinilla sin oler a estofado o a besugo al azafrán. Revolotean alrededor del horno entre salsas y especias y amontonan delantales detrás de la puerta y cucharones deseosos de colarse en la cazuela. En los cajones de sus muebles de cocina guardan todo tipo de artilugios, que ayudan a que sus platos sean los más exquisitos. Logran que las verduras que algunos nietos detestan les parezcan bocados irresistibles. En sus cacerolas las coliflores son pedazos de luna nevada, los aros de cebolla son los hula hoop de unos ratones acróbatas y los pimientos fritos son escamas de cocodrilos capturados en el mismísimo Nilo. Una de sus máximas incuestionables es: «No hay ningún problema que no tenga solución frente a unos huevos fritos con jamón». De casa de una abuela Cocinilla nunca te irás con las manos vacías, tras la frase «Me lo traes de vuelta» te entrega un *tupper* rebosante de albóndigas con tomate o croquetas recién liadas, platos estrella de estas insuperables cocineras.

Recetario

Las abuelas Cocinillas esconden celosamente sus recetas en estos libros, en los que con pulcrísima caligrafía escriben detalladamente las fórmulas para cocinar los platos más aromáticos y deliciosos. Estas recetas se han ido heredando generación tras generación y, por tanto, son uno de los pilares de la tradición familiar.

La sartén de la abuela

En ella todo es posible. Solo hay que colocarla al fuego, normalmente lento, y esperar a que su dueña eche en ella los ingredientes mágicos. Minutos después, el aroma de la cocción inundará la casa.

Abuela Coleccionista

Hay cosas difíciles como tocar el piano; cosas muy difíciles como hacer malabarismos con pianos y tocar la marcha turca al mismo tiempo; y cosas dificilísimas como morderse uno mismo los codos. Todas, sin embargo, quedan ridículamente minimizadas si las comparamos con una dificultad real: visitar la casa de una abuela Coleccionista –con todas esas mesas inmaculadas llenas de cosas y cositas– y no tirar nada al suelo. El concepto «relleno» se inventó para describir sus viviendas; no hay un hueco libre: sombreros, postales, dedales, cafeteras, chapas, etiquetas, billetes, sellos, cromos, libros, insectos, rocas, muñecas y cualquier cosa de la que se puedan juntar más de siete variaciones, que es el número mínimo de objetos que ha de tener una colección. Por eso las abuelas Coleccionistas nunca tienen menos de siete nietos, nunca te dan solo dos besos y cuando están muy mosqueadas, dicen «contaré hasta siete...». Las abuelas Coleccionistas viven mucho porque coleccionan días y su único defecto conocido es que no soportan a los nietos gemelos porque les parece que es como tener uno «repe».

Búho de cerámica

Si por cuestiones del azar, uno de estos animalillos llega a manos de una abuela y se despierta en ella el instinto irrefrenable de empezar a acumular más ejemplares de búho, de cualquier tamaño y color, sin duda estamos asistiendo al nacimiento de una abuela Coleccionista.

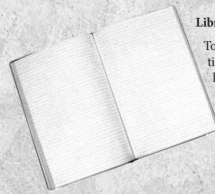

Libretas

Todas las abuelas Coleccionistas tienen, entre su colección de libretas, una indispensable en la que apuntan las colecciones que les faltan.

Para coleccionar reflejos

Las coleccionistas más sofisticadas y a la moda en «lo último en colecciones» no dudan en comprar este artilugio. Partiendo de veinticuatro espejos enfrentados entre ellos, con la inclinación adecuada respecto a la luz, pueden recogerse más de 285.436 reflejos solares distintos. Se entrega por fascículos, con un manual de instrucciones.

Abuela Consiguelotodo

No hay nada mejor que una abuela Consiguelotodo. Es casi imposible que no te sonrían los días si tienes la fortuna de ser nieto de una de ellas. Son generosas, optimistas, simpáticas y cariñosas. Les gusta el chocolate tanto como a ti y, por más que alguna vez lo intenten, no pueden evitar sucumbir cuando se trata de cumplir los caprichos de los niños. Cualquier día es el día perfecto para organizar fiestas y ratos alegres. Son capaces de convertir un trastero en un palacio, un palacio en un jardín y un jardín en un paraíso. No son amigas de horarios ni de normas y viven cualquier lunes como si fuera sábado. Siempre desenfadadas, bienhumoradas y coloridas, huelen a rosas carnavaleras y a golosinas, y si buscas en sus bolsillos, podrás encontrar un imán que atrae a la diversión y a la risa floja. Le encuentran el lado positivo a todas las cosas: si llueve es perfecto porque se puede salir a saltar sobre los charcos y si hace sol, porque se puede salir a saltar a secas. No sabemos si realmente son aladas, pero por la rapidez con la que son capaces de «conseguir», parece que fueran volando de un lugar a otro. Si alguna vez una de estas abuelas se ha enfadado, no ha quedado recogido en los anales de la abuelología. Hay especialistas que consideran la posibilidad de que de pequeñas cayeran accidentalmente en el pozo de la felicidad.

Las abuelas Consiguelotodo tienen una caña de pescar caprichos. Colocando como anzuelo cualquier deseo de un nieto, pescan todo lo que se pueda imaginar.

Anzuelo de pescar deseos

No hace demasiado tiempo se filtró a los medios que la famosa lámpara de Aladino fue hallada en la cocina de una abuela Consiguelotodo. Al parecer hay réplicas de la misma en las casas de todas las abuelas de este tipo. Probablemente el genio de la lámpara quedó prendado de los encantos de una Consiguelotodo y se la ofreció como regalo. Pero estas abuelas las utilizan como teteras para las tardes en las que las visitan sus amigas. Al parecer los tres deseos ya los agotaron hace tiempo y para cumplir los de sus nietos no les hace falta la magia de un genio. Ellas se bastan y se sobran para tal menester.

Abuela Costurera

Con su acerico por montera, va la abuela Costurera. Ellas son esas que nunca dan puntada sin hilo, que tienen un remiendo para cada descosido, retales de todos los colores y agujas para recoger todos los dobladillos. Cualquier nieto, incluso con los ojos cerrados, puede llegar fácilmente al lugar donde se encuentra su abuela Costurera, no tiene más que ir siguiendo el inconfundible sonido de la máquina de coser. Máquina y abuela son prácticamente inseparables. Tiene la costumbre de sacar la cinta métrica en cuanto te descuidas y un tino infalible para percibir si los que la rodean han crecido o ensanchado medio milímetro en los últimos días, y si es así, ahí va ella a tomar medidas. Su caligrafía es difícil de entender porque escriben en papel cuadriculado con bolígrafo en punta-punto de cruz. Sus tijeras son siempre las más afiladas y están perfectamente adiestradas para seguir sin titubear la línea de jaboncillo previamente dibujada sobre una tela. Las abuelas Costureras, mientras dan puntadas, son capaces de no perder el hilo de nada de lo que esté pasando a su alrededor, por eso no necesitan levantar la vista de la costura para atender a los niños y si estos se inquietan demasiado, los amansan narrándoles un cuento, siempre el mismo, que no puede ser otro que *El sastrecillo valiente*.

Revista de moda

Son incapaces de no comprar la última entrega de la revista de moda en patrones e igual de incapaces de tirar las que se han ido amontonando en la salita de coser desde hace treinta años. Por eso, echarles un vistazo a los 36 402 fascículos apilados es una manera de pasar una tarde de lluvia y morir de un ataque de risa viendo los modelitos que una vez estuvieron de moda.

La caja de costura

Es el maletín de supervivencia de cualquier costurera. Dentro encontrarás ordenadamente todo lo necesario para coser y recoser cualquier antojo. ¡¡¡Un disfraz de marciano extrasensorial mutante!!! Hecho.

El acerico

Este objeto puede parecer un arma arrojadiza o un erizo erizado o una herramienta para las clases prácticas de un acupuntor y sin embargo, no es más que un inofensivo recogedor de agujas y alfileres.

Abuela Curapupas

También conocidas como abuelas abrazables, pues están diseñadas para que al estrecharlas se te diluyan los miedos, las vergüenzas, los enfados por injusticias injustificables y cualquier dolor atroz de toda pupa espantosa (o no) que requiera un tratamiento de ternura urgente. Las abuelas Curapupas vienen con un termómetro labial incorporado, y lo mismo te curan una indigestión acariciándote suavemente la panza, que te cicatrizan un rasguño con un par de soplidos. Saben aplicar alcohol sin que escueza, hacer tatuajes con mercromina y vendarlo todo de forma que parezca que la cosa ha sido gravísima. No hay mejor antibiótico que el beso de una abuela Curapupas y si va acompañado con la canción del «Curasana culito de rana», entonces ya es infalible.

Es aquella que conoce los nombres de todos los medicamentos, la que consigue que las colas de las farmacias sean interminables, porque puede pasar horas apostada en el mostrador sacando de un bolso, que parece no tener fondo, una cantidad de recetas que dejarían pasmada hasta a una abuela Coleccionista. Al llegar a casa de una abuela Curapupas, debes enseñarle la lengua, según ella, esta es el espejo del alma. Sin embargo, no es aprensiva ni podemos relacionarla con las Preocuponas. A ella simplemente le gusta diagnosticar, prevenir y mimar.

Frasco batidor de llantos insondables

En todas las casas de las Curapupas podrás encontrar este mágico invento. Aunque a simple vista parece un frasco como cualquiera, es el frasco de los frascos. Con él, la abuela de un nieto desconsolado recoge cuidadosamente las lágrimas para introducirlas con suma delicadeza en su interior. Después de asegurarse de que el contenido está encerrado y sin escapatoria, se bate enérgicamente la botella al son de la canción del Curapupas. Un minuto después, la risa habrá ocupado el lugar de la pena.

Maletín de primeros auxilios

Imprescindible. En su interior están todos los ingredientes necesarios para cocinar una alegría de después de una herida, torcedura o magulladura.

Aerógrafo para realizar tatuajes de mercromina

No hay herida que no quede cuidadosamente decorada cuando se pone en marcha este aparato. Las abuelas Curapupas poseen un muestrario de tatuajes de todo tipo: florales, caligráficos o, incluso, con la silueta de los personajes favoritos de sus nietos. Algunas son unas verdaderas artistas manejando esta pistola de aire cargada de mercromina.

Abuela De negro

En el siglo pasado, había tantas abuelas De negro deambulando por todas partes que se dice que una ardilla común *(Sciurus vulgaris)* podía ir de punta a punta de la Península ibérica sin necesidad de tocar tierra, simplemente saltando ágilmente de moño en moño. Hoy en día resulta muy difícil avistarlas a no ser que nos acerquemos a pueblecitos más que recónditos. Durante muchos años se creyó que vivían acopladas a sillas de enea o a bancos adosados en paredes encaladas, pero expertos internacionales confirmaron que podían desplazarse por sus propios medios* en el caso de que lo creyesen oportuno. Otros rasgos significativos que nos pueden ayudar a identificarlas a primera vista son su carencia absoluta de arrugas faciales, debido a la extrema tensión a la que someten su cabello para lograr un peinado denominado «castaña»; el uso de unas gafas de gran tamaño, que logran con éxito reducir su mermada capacidad visual, y una capacidad pasmosa para hablar solamente de lo que les interesa. Se dice también que bajo sus infinitas capas de ropa negra —son capaces de diferenciar más de doscientos matices de negro— visten blusones de gran colorido con los que distraen a los más pequeños.

* La abuela De negro del ámbito rural nunca se desplaza a la ciudad si no es en compañía de al menos otras cuatro abuelas De negro. A esta conclusión llegaron los expertos abuelólogos Antonio y Guillermo Díaz Vargas después de años de minuciosa observación. El movimiento de estas abuelas deambulando de un lado a otro es maravillosamente sincronizado, de ahí que los entendidos lo denominen desplazamiento tipo «banco de peces».

Torniquete para la edificación de moños

Estos extraños aparatos ya hace décadas que están en desuso. Servían para estirar el pelo al máximo. Se colocaba la coleta resultante de juntar toda la melena en un extremo y se giraba la palanca hasta que la tirantez fuera absoluta. De esta forma los moños resultaban completamente perfectos.

Bote de laca

Completamente indispensable en el armarito del baño de una abuela De negro. La laca se pulveriza sobre el moño recién hecho para asegurar la fijación durante todo el día.

Frasco de lágrimas de cocodrilo

Las abuelas de negro de antaño tenían la costumbre de llorar desconsoladamente el desconsuelo de los demás, se llamaban «plañideras» y eran como la claca de un funeral. Y como a veces las lágrimas no llegaban, les recetaban estas lágrimas postizas de fácil aplicación y muy convincentes.

Esencias enfrascadas de las abuelas del mundo

Consiguelotodo

- *1 ramita de lavanda*
- *2 cucharadas de miel*
- *3 pétalos de una rosa carnavalera*
- *4 gotas de almizcle*

Que no abandona un sueño

- limadura ferrosa de una aguja de un pajar
- 3 hojas de la rama más alta de un roble
- 25 gotas de las aguas de un espejismo
- aceite y agua bien mezclados

Regalona

- 100 g de azúcar glas
- fragancia de jazmines
- mirra
- almizcle

Lunática

- *2 pétalos de giraluna*
- *la ramita más alta de un ciprés*
- *1 rosa insomne*
- *la tajada de una sandía en cuarto creciente*

Melancólica

- una biznaga de suspiros
- un ramito de malvas
- una pizca de alcanfor
- pétalos de la flor del desvelo

Coleccionista

- *todos los jazmines de un jazmín*
- *todas las hojas del árbol del té*
- *267.842 g de cualquier cosa*
- *gajos de mandarina, hasta completarla*

Tejedora de cuentos

- 1 abecedario completo
- una pizca de Abracadabra
- 6 plumas de sueños alados
- esencia de anís

Desmemoriada

- *un racimo de olvidos*
- *una punta de no me acuerdo*
- *aceite de oliva*
- *bergamota*

Viajera

- *unos pétalos de flor de allá*
- *unas hojas de flor de acá*
- *2 almendras de un árbol crecido a la sombra de la torre de Babel*
- *un soplido de viento*

Tacaña

- *50 g de sosa cáustica*
- *7 hojas de la flor de la avaricia*
- *el zumo de un pomelo amargo*
- *la raíz de 1 cardo*

Bruja

- *150 g de azufre en polvo*
- *aceite de semilla de calabaza*
- *el zumo de un limón agrio*
- *un chorrito de vinagre*

Musical

- un puñado de viento silbante
- 2 re, mi, fa, sol
- 4/4 de semillas de lavanda
- extracto natural de madera de violín

Repostera

- 7 guindas muy azucaradas
- 3 varillas de canela en rama
- ralladura de cáscara de mandarina
- 5 g de levadura en polvo

Costurera

- *aceite de almendras*
- *3 briznas de pajar con agujas perdidas*
- *1 flor de azahar recién florecida*
- *cera natural*

Sabelotodo

- 3 gotas de tinta de calamar
- una pizca de fósforo
- 7 pétalos de flor del pensamiento
- 3 motas de polvo de unas zapatillas que hayan salido a buscar la piedra filosofal

Supersticiosa

· un mucho de la flor de la fortuna
· 12+1 hojas de perejil
· esencia de manzana verde
· polvo de la herradura de un caballo cabalgante

De negro

● *aroma de carbón dulce*
● *pétalos de no me olvides*
● *jabón de tulipán negro*
● *salmuera para conservar ausencias*

Preocupona

· 1 ramillete de por si acaso
· 2 valerianas en infusión
· 1 diente de ajo muy picadito
· aroma de olas del mar Negro

Reina

• 5 hojas de diente de león
• ralladura de colmillo afilado
• 1 cucharada de cal y otra de arena
• 3 gramos de jalea real

Arreglacosas

• 8 pétalos de la flor de la paciencia
• fragancia de arcoiris de plastilina
• aroma de clavo y mejorana
• goma de mascar muy bien mascada

Por carta

· *1.000 gotas de tinta roja*
· *1.000 gotas de tinta azul*
· *ralladura de goma de borrar*
· *partículas de un sello sin matar*

Guardasecretos

• 1 ola envasada al vacío en una caracola de mar
• 1 ramillete de susurros silbantes
• 6 gotas de tinta invisible
• esencia de confianza amasada a la orilla de un brasero

Jardinera

• *agua de azahar*
• *amapolas recién cortadas*
• *biznaga de jazmines de la mañana*
• *aroma de tierra mojada*

Moderna

· esencia de aceite de pachuli
· energía volátil de una batería de litio
· ralladura de la mina de un lápiz digital
· un chorrito de tinte de la juventud

Tiquismiquis

● *semillas de paja vista en el ojo ajeno*
● *1 ramillete de reproches avinagrados*
● *3 gotas de saliva de lengua viperina*
● *pétalos de rosa con espinas*

Rosa

· *pétalos de rosa de Alejandría*
· *agua de rosa de los vientos*
· *aroma de palo de rosa*
· *sustancia fijadora del color (rosa)*

Curapupas

· *4 gotitas de alcohol de farmacia*
· *ralladura de jabón de glicerina*
· *el fruto de una planta de algodón*
· *antídoto universal y árnica*

Que da de comer a las palomas

· polvo del alféizar de la ventana
· aroma de un cucurrucucú paloma
· esencia de miga de pan
· 3 gotas de aceite de alpiste

Cocinilla

· 3 ramitas de hierbabuena
· pizquita de romero, tomillo y estragón
· 1 huevo de 2 yemas muy bien batido
· esencia de cariño en ebullición

Los dormitorios de las abuelas

Melancólica 1.º
Lunática
Desmemoriada
De negro

Destaca el enorme ventanal para asomarse a la luna y el armario de tres cuerpos para que los fantasmas del pasado lo habiten cómodamente.

6.º
Consiguelotodo
Que nunca abandona
un sueño
Tejedora de cuentos

¿Quién dijo que las habitaciones tienen cuatro esquinas? Como todo es posible, estos aposentos suelen ser circulares, incluso pueden ser redondos. Están dispuestos con la orientación perfecta para alcanzar un sueño o tejer los cuentos más sorprendentes a la luz de la lamparilla lunar de sus mesitas de noche y día.

Sabelotodo
Guardasecretos
Moderna 2.º
Musical

Estas estancias están situadas al final de un complicado laberinto.

Sabelotodo: para poner a prueba la inteligencia de los niños.
Guardasecretos: para salvaguardar todas las confidencias.
Moderna: cuestión de diseño.
Musical: para que los niños jueguen a guiarse por la música.

Curapupas
Preocupona
7.º

Se caracteriza por la planta de cruz griega sin abovedar con puertas en tres de sus cuatro extremos, por si surge una emergencia. Guardan en su armario, amplio y muy ordenado, todo tipo de utensilios y ungüentos para curar posibles heridas y males del alma.

Cocinilla 3.º
Repostera
Que da de comer
a las palomas

Los dormitorios-cocina son cocinas-dormitorio. Con todo lo necesario para entretenerse cuando no llega el sueño. Preparar un estofado o una tarta de manzana solo requiere bajarse de la cama y encender el fogón o el horno.

Reina
8.º

No son dormitorios ni habitaciones ni estancias, son alcobas. Cama con dosel o con palio en el caso de las Reinas andaluzas. Predomina el color blanco, que milagrosamente nunca se convierte en blanco sucio. Jamás puede faltar entre sus enseres el sofisticado tocador de la reina.

Jardinera 4.º
Arreglacosas

Aunque parezca que los dormitorios de estas abuelas no deberían coincidir en enseres ni decoración, ambos comparten la infinidad de herramientas que se guardan en sus armarios.

Viajera
Por carta
9.º

En los casos más extremos tienen ruedas. En sus armarios se esconden artilugios traídos de cualquier lugar. Nunca falta un escritorio, un folio por escribir y una buena pluma estilográfica, a veces de pájaro migratorio. A la vera del armario siempre encontrarás una maleta dispuesta a emprender el vuelo.

Rosa 5.º
Regalona
Costurera
Coleccionista

En sus aposentos destaca el exceso de detalles y detallitos, paños y pañitos, cortinas y cortinillas, cojines y cojincillos.
Rosa: todo de color de rosa, rosita o rosáceo.
Regalona: todo envuelto para regalo.
Costurera: todo cosido a mano o a máquina por ella misma, por supuesto.
Coleccionista: cada objeto es único y está perfectamente catalogado dentro de una colección.

Tacaña 10.º
Bruja
Tiquismiquis
Supersticiosa

Lo más característico de sus dormitorios es que se accede a ellos por un infinito corredor, así se aseguran de que sus nietos se agoten antes de llegar a su puerta, siempre cerrada con llave.

1.º

Este es el fantasma feliz que cada noche susurra historias a la abuela correspondiente.

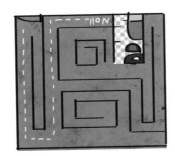

2.º

Las abuelas musicales presumen de tener en sus alcobas un piano que se sabe de memoria todas las sinfonías de Mozart.

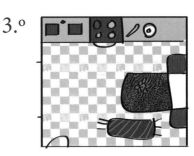

3.º

Sobre la encimera de la abuela Cocinilla nunca falta un huevo frito recién hecho ¿magia?

4.º

En la mesita de noche de la abuela Jardinera se encuentra el tiesto con la flor más preciada del mundo. Los biólogos no confían en su existencia, pero los nietos de estas abuelas saben que sí que es posible domesticar una planta carnívora para que coma pipas de tu mano.

5.º No le falta un perejil.

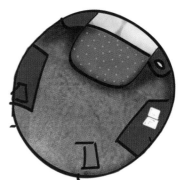

6.º Una ventana abierta directamente a los sueños.

El libro de cabecera de la abuela Curapupas es un hermoso vademécum de tapas doradas, subrayado en la página 1327, párrafo 3: «Cómo curar la congoja de un nieto».

7.º

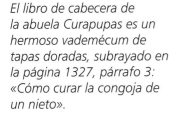

La maleta puede ser de cuero, de plástico, de piel de cocodrilo; eso es lo de menos. Lo que importa es que es maleta de mal asiento y siempre se tira a los pies del armario reclamando kilómetros para zamparse.

9.º

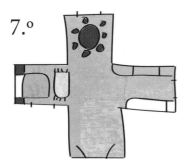

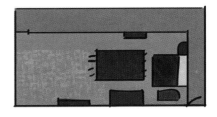

10.º

Los nietos que consiguen llegar hasta la puerta y atravesarla, se aburren en un pispás. Encuentran una cama dura, una alfombra seria, una ventana que da la espalda al sol y un olor a alcanfor repele niños. En el caso de llegar al dormitorio de una abuela Bruja, al menos encontrarán la diversión anhelada persiguiendo a la escoba voladora.

8.º

La sillita de la reina, que sí que se peina y tiene un tocador con agüita y jabón y un cepillo de púas que quita los enredos sin un solo tirón.

cerro

barcos
de
papel

vaso
de
agua

mariposas

gotitas
para
recordar

nudos

LÁPICES

correo

gafas

agenda

llaves

besos

monedero

salero

regalos

TELÉFONO

otras
gafas

caramelos

azucarero

imperdibles

SECA
LÁGRIMAS

1973

calendario

-30-

Abuela Desmemoriada

*H*ay abuelas que pueden recordar perfectamente lo que desayunaron un domingo de hace ciento veinte años (y quién las acompañaba y cómo iban vestidas y lo que haga falta) pero, sin embargo, no se acuerdan nunca de tu nombre; son las llamadas abuelas Desmemoriadas y las hay de dos tipos: las preocupadas por esos involuntarios tropezones de la memoria y las despreocupadas, que son las divertidas porque han decidido que allá donde no llegue su memoria llegará la improvisación, así que empiezan a cocinar cualquier cosa y acaban guisando cualquier otra, van a no sé dónde y terminan descubriendo no sé qué, empiezan un cuento conocido que termina teniendo un final imprevisible. Lo mejor de las abuelas Desmemoriadas es que les puedes decir que siempre es tu cumpleaños y casi siempre se lo creen. Acostumbran a desordenar los nombres de sus nietos, es decir, encadenan estos, uno tras otro, y los dicen de carrerilla y sin respirar hasta llegar al que realmente querían nombrar. Pierden cualquier cosa en cualquier lugar y dejan olvidado todo en todas partes, por lo que las tardes en casa de estas abuelas se convierten en una gymkana en la que sus nietos deben seguir las pistas de los descuidos de la abuela hasta localizar cada uno de los objetos extraviados.

Las abuelas Desmemoriadas tienen un pañuelo largo, larguísimo, en el que van haciendo nudos. Un nudo por cada cosa que deben recordar. Tienen una libreta para anotar qué tienen que recordar con cada nudo, una grabadora para dejar un mensaje que explica dónde guardan la libreta, que a su vez explica para qué sirven los nudos, y un broche de compartimento secreto con un papel con el teléfono de su hija, para que le recuerde dónde está la grabadora que le recordará dónde está la libreta que le recordará para qué sirve cada nudo.

Los nietos más ingeniosos de este tipo de abuelas colocan pósit en las puertas, espejos o neveras de sus casas. En ellos, para ayudarlas a no olvidar, escriben en mayúsculas:

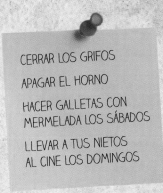

CERRAR LOS GRIFOS

APAGAR EL HORNO

HACER GALLETAS CON MERMELADA LOS SÁBADOS

LLEVAR A TUS NIETOS AL CINE LOS DOMINGOS

ta de compra

Abuela Guardasecretos

Tener a mano a una abuela Guardasecretos es lo mejor que te puede pasar cuando necesitas una confidente para las confidencias más confidenciales. Son las cómplices perfectas de sus nietos, esas que incluso son capaces de decir alguna mentirijilla para no delatar a los niños. Son como una buena amiga, pero con muchos más años que el resto de la pandilla, y por eso, con muchos más datos de la vida y de las consecuencias que pueden llegar a tener las cosas. Ellas no dan lecciones, aconsejan. No sermonean, hablan mirándote a los ojos y nunca gritan porque son expertas en templar los nervios. Son las inventoras del sexto sentido, ese que las hace intuitivas y previsoras ante los acontecimientos. A pesar de eso, jamás te reprenden con el odioso «te lo dije, te lo advertí», aunque te lo hubieran dicho y advertido con y sin palabras trescientas mil veces. Lo sustituyen por una taza de chocolate caliente y el tiempo que precise escucharte. Saben auscultar los sentimientos, presentir la tristeza y adivinar lo que está pasando por la cabeza del que tienen enfrente, incluso antes de que el que tienen enfrente sepa lo que le está pasando por la cabeza. Guardan herméticamente los secretos y de ninguna manera los revelan a un tercero. Entre los idiomas que pueden conocer, entienden mejor que nadie y hablan con un acento impecable, el de los susurros.

El secreter

Forma parte imprescindible del mobiliario de la casa de una abuela Guardasecretos. Estos muebles están llenos de cajones, puertas y, en algunos casos, de pasadizos secretos donde se ocultan grandes verdades.

Teléfonos antiguos

Estos extraños aparatos resultan ser teléfonos de otra época, pero teléfonos al fin, aunque si plantas a un niño delante de uno no tenga ni la menor idea de cómo actuar para hacer una llamada. Sin embargo, las abuelas aseguran que sirven para mantener conversaciones con personas a las que necesitas contactar y no están presentes.

Es difícil encontrar modelos como este, pero las Guardasecretos los tienen como oro en paño, solo a través de ellos han viajado las confidencias a distancia, por lo que hay que tenerlos contentos, ya que ¡¡¡saben demasiado!!! También los encontrarás en casa de las abuelas Tacañas que nunca encuentran el momento de gastar en cambios. Además, ellas son reacias a estos aparatos porque dicen que los carga el diablo.

Abuela Jar*dine*ra

A las abuelas Jardineras se las reconoce fácilmente por su delantal de piel vuelta, su sombrero de paja, sus mejillas sonrojadas y esos guantes colosales que empuñan unas tijeras de podar, con las que son capaces de hacerte un ramo antes de que se te ocurra pedírselo. Suelen llamarse ROSA, VIOLETA, AZUCENA, HORTENSIA y allí donde van, llevan la alegría con sus canciones a media voz, cantadas sobre el fondo de un coro de zumbidos de abejas extrañadas. Suelen estar como una regadera. Son muy movidas, no les gusta echar raíces en ningún sitio; están todo el día de aquí para allá como si fuesen mariposas polinizando, pero se las puede encontrar fácilmente si se sigue el rastro de las semillas que van dejando para no perderse. No se ponen perfume, sino que se fumigan esencias, sus abrazos son cariñosos como de enredadera, cuando tienen que explicarte algo nunca se van por las ramas y su amor es como el de una hoja perenne por su árbol, para toda la vida. Una abuela Jardinera, a pesar de lo mucho que le gusta remover tierra, nunca te dejará plantado.

Idioma de la abuela Jardinera

La abuela jardinera es un lío porque todo te lo dice con flores. Debería venir con un diccionario incorporado.
A continuación encontrarás algunas traducciones de lo que quiere decirte según la flor que te entregue.

 Flor de loto: que estás hablando demasiado.

 Jacinto amarillo: que tu amor la hace feliz.

 Gardenia: con ella te recomienda sinceridad.

 Ortiga: si te has portado mal quiere decirte que no soportan tu maldad.

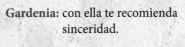 **Peonia:** te quiere decir que tengas cuidado.

Abuela Lunática

*E*stas abuelas no parecen vivir con los pies sobre el suelo. Hablan con un acento perfecto el idioma de los más pequeños, así que pueden mantener una larga conversación con un bebé de nueve meses. En sus casas los gatos tienen tres patas y los burros pasan volando por delante de las ventanas. Suelen ser desordenadas y muy divertidas. Inventan nombres y utilidades para objetos raros, sacan conejos invisibles (que solo sus nietos ven a la perfección) de las chisteras y llevan el bolso lleno de caramelos que curan cualquier tristeza. Sus ojos acuáticos se quedan perdidos en medio de las palabras, pero los niños saben esperarlas hasta que vuelven a la realidad. Los vecinos más antipáticos las llaman chifladas, sin embargo a sus nietos les parecen inteligentes y creativas, les encanta estar con ellas. Estas abuelas siempre los escuchan atentamente y dicen sí a cualquier ocurrencia que para otro adulto sería impensable. Se quedan embobadas mirando la luna en cuarto creciente o menguante, pero sobre todo cuando está llena. Las noches de plenilunio les da por cantar. Son una versión alocada de la abuela Consiguelotodo.

Giraluna

Como la imaginación de los niños es desbordante y ellos eran los únicos que decían haber visto esta misteriosa flor, nadie creía en su existencia. La fortuna quiso que el afamado biólogo Pablo Narea, de manera accidental, consiguiera llegar a ver y oler de cerca uno de los escasos ejemplares. Solo crecen en las mesitas de noche de las abuelas lunáticas. Esta flor duerme de día, y por la noche despierta y va girando para no perder de vista a la luna. Las noches de luna nueva permanece quieta, pero se enciende como un farol para llenar la ausencia de luz del cielo.

Móviles para nietos luneros

No hay abuela lunática que no posea un móvil de estrellas marinas. Antiguamente los fabricaban con estrellas del cielo, pero ante la dificultad de cazarlas y sobre todo de retenerlas, fueron sustituidas por estas otras. Las estrellas marinas son infalibles para hacer dormir a los niños, son afinaditas y los arrullan con la canción del rompeolas.

Abuela Melancólica

No hay abuela más nostálgica que la Melancólica. Cada palabra, cada gesto, cada comida, cada calle les evoca algún recuerdo y cada recuerdo trae consigo un suspiro o cientos de ellos. A veces encadenan uno tras otro durante horas y es necesario un traductor de sollozos para entenderlas. Tienen en común con la abuelas Tejedoras de cuentos que sus ojos pueden cambiar de color, pero en el caso de las Melancólicas la gama de tonalidades es más reducida. Pasan del gris oscuro al gris claro cuando rememoran momentos felices y llegan hasta el gris lágrima cuando las tardes nubladas las llevan a añorar a los ausentes. Sus voces son dulces y cálidas y su gusto por hablar del pasado con todo lujo de detalles convierte a sus nietos en grandes aficionados a la historia, empezando por la familiar y terminando por la universal. Sus casas están habitadas por multitud de fantasmas, y no es de extrañar, ya que los cuidan con tanto esmero (preparándoles sus comidas favoritas, planchándoles la sábana-traje con agua de colonia, dejando las puertas abiertas para los que no saben atravesarlas…) que estos no tienen ningún interés en desaparecer y prefieren deambular toda la eternidad por el cuidadísimo limbo de una abuela Melancólica.

Aura de un fantasma que se ha quedado dormido en el sofá del salón

Es probable, casi seguro, que tú tampoco estés viendo el aura de este fantasma. En cualquier caso, una abuela Melancólica nos ha asegurado que puede verse con una nitidez sorprendente.

Los nietos de una Melancólica deben saber que escucharán un suspiro por cada pensamiento que le provoca añoranza a su abuela. Cuando la suma de suspiros encadenados sea superior a cinco, es obligación de sus nietos ir a buscarla allí donde se encuentre y hacerla sonreír, entregándole unos cuantos besos de hacer cosquillas.

Tinta indeleble

Con esta tinta se escriben los recuerdos imborrables. Azul para los dulces, roja para los apasionados, negra para los más tristes…

Traductor de sollozos

Los suspiros se introducen en el interior de la caja, luego se gira la manivela en el sentido de las agujas del reloj. Los sollozos se convierten en las palabras que ocultan. Está programado para traducir al español, pero en la base encontrarás el interruptor para cambiar de idioma.

Abuela Moderna

De todas las abuelas que existen, la abuela más abuela que hay, la más, por raro que parezca a primera vista, es la abuela Moderna, que es la que se esfuerza precisamente en no parecer una abuela «como todas las abuelas» a base de machacarse yendo a gimnasios, estudiando carreras que no existían cuando le tocó el tiempo de estudiar, maquillándose y vistiéndose como la más aplicada de las *fashion victims* y viajando por el ciberespacio en busca siempre de lo más web, lo más blog, lo más guay y lo más *cool* que pueda haber sobre la capa de la Tierra. Les gusta ser abuelas-amiga, y a veces abusan del vocabulario juvenil para tratar de impresionar a sus nietos con lo enteradas que están de las cosas de la vida moderna. Pero esto puede provocar el efecto contrario y en esos casos podrás distinguir a sus nietos por el enrojecimiento de sus mejillas al presentar a su abuela a alguno de sus amigos. De todas las cosas que les gustan, lo que más le puede gustar a una abuela Moderna es que su monitor de pilates le diga con los ojos como platos: «pero... tú, con lo joven que pareces, ¿¿¿eres abuela???». Y en ese momento, como todas las abuelas del mundo, sonríe pícaramente, se le llena la boca con un SÍ de felicidad y enseña las fotos de todos sus nietos que tiene guardadas en su tableta gráfica.

Clasificamos a las abuelas Modernas en tres grandes grupos, partiendo como referencia del vehículo que utilizan:

1.º Scooter

La utilizan las abuelas más intrépidas. Con ella a todo gas se cuelan entre los coches evitando los atascos, para llegar puntuales a sus citas.

2.º Escarabajo

Las abuelas más relajadas, a las que les gusta escuchar lo último en el superequipo de su coche, eligen cuatro ruedas para desplazarse y recoger a sus nietos del cole. Muchas rememoran sus años mozos comprándose un utilitario de este modelo. Un clásico de los 70.

3.º Bicicleta

Las modernas más clásicas, con un toque bohemio, cabalgan sobre una bicicleta de paseo. Estas abuelas suelen ser vegetarianas y entre los deportes de riesgo han optado por los espirituales, practican yoga, meditación...

Abuela Musical

Lo que hace inconfundibles a estas abuelas es que tararean todo el día y que todo lo dicen cantando. Estar con ellas es como vivir en medio de un musical. Sonríen en clave de sol y se enfadan, en muy pocas ocasiones, en clave de fa. Cuando son dos de sus nietos los que discuten, estas abuelas se empeñan en que lo hagan, al menos, afinados y en el mismo tono. Y si ella grita para zanjar el problema, lo hace siempre una octava por encima del tono de la discusión. Son tan aficionadas a la música que escuchan hasta las notas del silencio. Se emocionan con las bandas sonoras, bailotean con los Beatles y se duchan ensayando canciones bajo el agua. Más que hablar, rapean e inventan coreografías y rimas melódicas para conseguir que sus nietos más inapetentes coman lentejas a lo Vivaldi o patatas guisadas a ritmo de samba. No hay nieto de una abuela Musical que no pueda contar que ha visto más de trescientas sesenta y cuatro veces *Mary Poppins* o *Siete novias para siete hermanos*.

Dentro de estas abuelas hay muchísima variedad, según los gustos. En este catálogo nombraremos dos grandes grupos en los que enmarcarlas.

Abuela Musical Clásica: aficionada a la ópera, en los días más dramáticos se mete en la piel de Madame Butterfly y en los más alegres canta versos de zarzuela. Mientras cocina practica arias que asustan a los vecinos.

Abuela Musical Contemporánea: oyente insaciable de radio. Tiene un amplísimo repertorio de canciones y cantantes favoritos. Colecciona cedés en sus estantes y acompaña todos sus recuerdos con notas y acordes.

Reliquias

Antes de la era digital, antes del mp3, del cd, del iPod, etc. los formatos de reproducción musical eran analógicos. Estaban los vinilos, conocidos popularmente como discos y los casetes. En la actualidad, para encontrar vinilos en las tiendas de música, debes visitar la sección de piezas exquisitas, casi de coleccionistas. Las abuelas musicales conservan sus vinilos como oro en paño, al igual que el tocadiscos, con su aguja en perfectas condiciones para que no raye el disco y vuelvan a sonar como antaño los mejores singles de los sesenta.

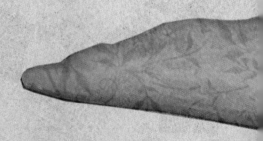

Abuela Por carta

Expertas en mirar mapas y encontrar direcciones imposibles y lugares desconocidos, estas abuelas son emprendedoras y curiosas. Y aunque parezca increíble, muchas veces les da pereza viajar. Pero como lo realmente importante en sus vidas es la pasión que sienten por escribir cartas y postales para remitirlas desde cualquier parte del mundo, mientras más remoto y difícil de pronunciar sea el lugar, mejor. No les queda otra que volar de aquí para allá en busca de todo tipo de aventuras, que, convertidas en palabras rimbombantes y derramadas sobre el papel de forma magistral, llegarán a manos de sus nietos. Las más extravagantes afirman haber escrito postales desde un país localizado fuera del globo terráqueo y algunos niños aseguran haber recibido correo postal enviado desde la mismísima luna. Sabemos también que hay carteros, más curiosos de lo que les corresponde, que conocen los más pequeños detalles de ciudades lejanas, gracias a las cuidadas palabras de estas abuelas escritoras de viajes. Sus caligrafías son legibles pero barrocas, sus bolsos son coleccionistas de bolígrafos de tintas indelebles y sus pasos han caminado por los confines de la Tierra. Difíciles de atar, estas abuelas inquietas se saben de memoria los cambios horarios de las capitales de los siete continentes. Las tripulaciones de las compañías aéreas las saludan en los aeropuertos y los capitanes de barcos son capaces de confiarles su nave en una airada tormenta.

Pluma listilla
Estas plumas estilográficas escriben de memoria el número de peldaños de la torre Eiffel, la altura exacta de la Giralda o la hora perfecta para ver los reflejos solares sobre la cúpula del Taj Mahal.

Postales
Imprescindibles para una abuela Por carta. Estas llevan siempre varios ejemplares a mano, por si les asaltan las palabras precisas. Es habitual encontrar a estas abuelas frente al muestrario de postales de una tienda de *souvenirs*.

Toda abuela Por carta lleva en uno de sus bolsillos un plano del metro de París. ¿Por qué? Esa es la incógnita. Según algunos abuelólogos esta ciudad recibe el nombre de la «ciudad de la luz» porque una noche de hace varias décadas, una abuela Por carta, al parecer algo despistada, estuvo hasta altas horas de la madrugada a la luz de un encendidísimo candil, en la entrada de la parada de metro de Tullerías, estudiando posibles transbordos para encontrar la ruta más cómoda para llegar a su destino. Algunos vecinos no pegaron ojo y el diario de la mañana siguiente se hizo eco del misterio de la luz prendida que alumbraba toda la manzana.

En la otra cara encontrarás la foto de la ciudad que imagines.

Las mascotas de las abuelas

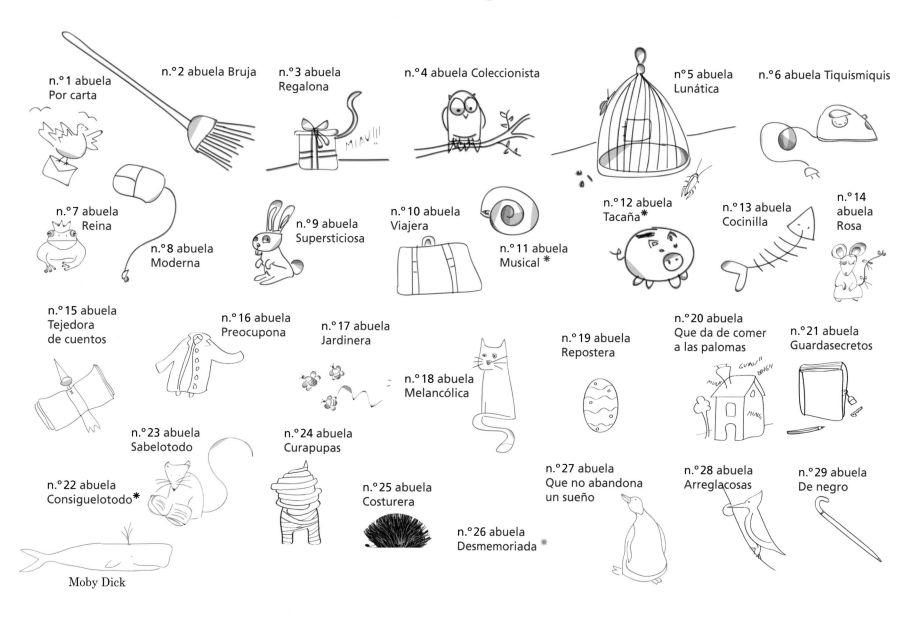

n.º 1 abuela Por carta

n.º 2 abuela Bruja

n.º 3 abuela Regalona

n.º 4 abuela Coleccionista

nº 5 abuela Lunática

n.º 6 abuela Tiquismiquis

n.º 7 abuela Reina

n.º 8 abuela Moderna

n.º 9 abuela Supersticiosa

n.º 10 abuela Viajera

n.º 11 abuela Musical *

n.º 12 abuela Tacaña *

n.º 13 abuela Cocinilla

n.º 14 abuela Rosa

n.º 15 abuela Tejedora de cuentos

n.º 16 abuela Preocupona

n.º 17 abuela Jardinera

n.º 18 abuela Melancólica

n.º 19 abuela Repostera

n.º 20 abuela Que da de comer a las palomas

n.º 21 abuela Guardasecretos

n.º 22 abuela Consiguelotodo *

n.º 23 abuela Sabelotodo

n.º 24 abuela Curapupas

n.º 25 abuela Costurera

n.º 26 abuela Desmemoriada *

n.º 27 abuela Que no abandona un sueño

n.º 28 abuela Arreglacosas

n.º 29 abuela De negro

Moby Dick

* *El mismísimo capitán Ahab tuvo que llamar a una abuela Consiguelotodo para que le ayudara a dar caza al famoso cetáceo. La abuela no tuvo más que susurrar una hermosa nana al animal para que este comiera de su mano. Cetáceo y abuela plantaron al capitán con dos palmos de narices. Desde entonces, Dicki, como la llaman en casa, vive tan a gusto en la piscina del jardín de su dueña.*

* Estas caracolas siempre duermen a los pies de la cama, para que las abuelas puedan escuchar las melodías marinas mientras duermen.

* *Estos cerditos están adiestrados para gruñir cuando un niño trata de sacar una moneda.*

* *El 27 de abril una abuela desmemoriada dejó olvidado a su elefante en la puerta del supermercado.*

N.º 1   Una paloma mensajera capaz de atravesar todos los mares.

N.º 2   La escoba más popular del mundo. Insomne y parlanchina.

N.º 3   Siempre envuelta para regalo.

N.º 4   El primero de los búhos de su colección.

N.º 5   La famosa jaula de grillos que cantan a la luz de la luna.

N.º 6   La plancha con afilada punta para hacer temblar a las arrugas.

N.º 7   Un sapo que nunca se convirtió en príncipe azul.

N.º 8   La más moderna de las modernas lleva mascota inalámbrica.

N.º 9   Cuatro patas de conejo y el resto del animal… ¡¡¡por si acaso!!!

N.º 10 Una maleta que conoce las bodegas de todos los barcos.

N.º 11 Una caracola que canta como las olas del mar.

N.º 12 El único cerdo del mundo obsesionado por el dinero.

N.º 13 Las mascotas de la abuela Cocinilla pueden acabar en el horno.

N.º 14 La ratita presumida vive como una reina en un bolsillo rosa rosísimo.

N.º 15 De todos es sabido que tejer cuentos y leerlos te hace volar.

N.º 16 Es imposible desvelar qué animal se esconde bajo tanto abrigo.

N.º 17 Zumbando y zumbando hermosas melodías alrededor de su dueña.

N.º 18 Un gato azul que mira a su dueña melancólicamente.

Nº 19   La mona de Pascua, una hermosa mascota de chocolate.

N.º 20 No hay forma de contar sus innumerables mascotas callejeras.

N.º 21 Un diario como compañero de confidencias.

N.º 22 Moby Dick, la ballena que nadie pudo conseguir cazar.

N.º 23 El pequeño ratón de biblioteca es el único que sabe más
        que su dueña.

N.º 24 No sabemos qué mascota se esconde bajo el vendaje,
        sabemos que está sanísima.

N.º 25 Un erizo a modo de acerico, que esconde sus púas ante los mimos.

N.º 26 Estas abuelas olvidan a su mascota en cualquier lugar.

N.º 27 Un pingüino que persigue el sueño de volar.

N.º 28 El pájaro carpintero, un ayudante imprescindible.

N.º 29 El bastón lazarillo camina un paso por delante de su ama.

Los Besos

Los especialistas no dudan en decir que conocerás a una abuela por el tipo de besos que da.
A grandes rasgos, podemos clasificarlos en cinco grupos básicos.

Beso cosquillas:

Muy utilizado para ahuyentar las rabietas infantiles, desterrar miedos de antes de dormir o juguetear después del baño, justo antes de ponerse el pijama. En esos casos termina provocando unas ganas irresistibles de saltar en la cama. Es entonces cuando la abuela que liberó a los besos cosquilla trata de meterlos en el corral, con un ¡ya, ya, ya, venga, ya paramos!

Beso a caballito:

Al paso, al trote, a ¡¡¡galope, galope, galope!!!
Muy común y tradicional.

Beso racimo:

Nunca viene solo. Tras el primero, llegan en cascada un número incontable. En el caso de las abuelas más típicas, se acompañan con un «ay, ay, ay, pero qué grande estáaaassss». Hay niños muy reacios a recibirlos, desde estas páginas les aconsejamos que los disfruten. Como dicen las abuelas más sabias, algún día los echarán en falta.

Beso pellizco:

El único que es objetivamente poco agradable. No se entrega con los labios sino con la mano, a modo de pellizcador de mejillas. Normalmente se usa con los nietos ajenos, es decir, los nietos de una abuela amiga de la abuela y enemiga de los niños pellizcados.

Beso de dormir:

Indispensable en la casa de una abuela que pase todas las pruebas que la hagan digna del título de «buena abuela». Tiene muchas propiedades, todas favorables. Atrae al sueño, despeja el cielo de esas nubes que dan miedo, obliga a los monstruos a salir de debajo de la cama y a irse a dormir a otro lugar...
Hay abuelas que para potenciar sus efectos lo acompañan de un vaso de leche templada con dos cucharadas de azúcar (o miel, en el caso de la Jardinera y la Preocupona).
Otras abuelas incrementan su poder entregándolo después de contar un cuento.

Consiguelotodo: besos que «todoloconsiguen».

Que nunca abandona un sueño: besos siempre a punto para ayudarte a ponerte en pie después de un tropezón.

Bruja: solo tenemos noticia de un caso de beso de bruja. No hubo testigos, se dice que besó a su gato. La apodaron «besucona».

Cocinilla: besos ricos en sales y minerales. Guisados con finas hierbas, mucha salsa y en su punto de sal.

Tejedora de cuentos: besos hilvanados con finales felices.

Viajera: besos políglotas que demuestran que no hay fronteras y que el sonido de un buen beso se escribe igual en todas las lenguas.

Melancólica: besos entre suspiro y suspiro. Sin embargo, no son tristes, simplemente te envuelven en un halo de melancolía.

Desmemoriada: sus besos te los encuentras en cualquier lugar o en ninguno.

Lunática: son besos saltimbanquis, trapecistas, cosquilleantes, divertidos…

Musical: los oídos muy finos distinguen el estado de ánimo de un beso musical, es decir, si canta en sol mayor o menor. Son besos afinados.

Tiquismiquis: besos pulcros, medidos y con tendencia a no darse.

Que da de comer a las palomas: arrullantes, así son estos besos.

Rosa: fucsias o rosa palo, según la alegría de la entrega. Son besos coquetos, dulces y con aroma a perfume de los que se resisten a irse.

Regalona: por supuesto, estos besos vienen envueltos para regalo. Sonrientes y con lazos. Siempre esperan un beso de vuelta.

Preocupona: estos besos están envasados al vacío y cauterizados. Suelen saber, cuando son en la frente, si la frente besada tiene fiebre.

Arreglacosas: reparadores.

Costurera: besos hilados. Estos besos saben poner un parche a un descosido, o a un llanto repentino de nieto enfurruñado.

Sabelotodo: besos que ayudan a repasar la lección. Demuestran científicamente que «la letra con besos entra».

Coleccionista: no falta ninguno de todos sus besos.

Jardinera: son besos floridos y aromáticos.

Reina: con aires de grandeza, por algo son besos reales, cambian de humor con facilidad. Pero los nietos saben manejarlos como les conviene.

Curapupas: son besos curativos, analgésicos, suaves y absorvelágrimas.

De negro: quizá los más difíciles de clasificar. Los besos de estas abuelas abarcan una gran gama. A veces escasos, a veces racimo.

Moderna: digitales. Besos muy chic. Pero a la hora de recoger a los nietos del cole podrían confundirse con cualquier beso clásico.

Repostera: enmerengados, caramelizados, requetedulces. Encontrarás estos besos cerca del horno, esperando al bizcocho de la merienda.

Guardasecretos: vuelan con volar felino, (¿nadie ha visto a un felino volar?). Silenciooooooooooosooooos. Saben más de lo que besan.

Supersticiosa: estos besos nunca son trece.

Tacaña: ¡¡¡uno y no más, santo Tomás!!!

Por carta: besos escritos con tintas de colores, para leerlos y releerlos.

Abuela Preocupona

*E*stas abuelas se caracterizan porque siempre están alerta, con una ceja más elevada que la otra. Son miedosas, estáticas, nerviosas y aprensivas. Adoran a sus nietos pero están tan empeñadas en protegerlos que no resultan una compañía divertida para los niños. Ellas creen firmemente que es preferible no hacer una cosa, antes que tener que arrepentirse de haberla hecho. Saltar en la cama les parece un deporte de riesgo, unas décimas de fiebre son motivo suficiente para guardar tres días de reposo absoluto, y una picadura de mosquito se convierte ante sus ojos en el bocado de un dinosaurio.

Son grandes seguidoras de los pronósticos meteorológicos, fieles admiradoras del hombre del tiempo, y nunca se les pasa llamar por teléfono a sus hijas para advertirlas de que deben abrigar a los niños porque bajan las temperaturas. Y es que la llegada del frío les causa un miedo pavoroso. Cuando la temperatura desciende, son capaces de disfrazar a sus nietos de cebollas, todas las capas de ropa son insuficientes. Si además llueve, estos irán ataviados con paraguas, chubasquero, gorro, botas de agua, pasamontañas, guantes y calcetines térmicos, y quedará terminantemente prohibido saltar en los charcos. Para ellas un estornudo es el anuncio de una gripe inminente. Por el contrario, en verano distinguirás a sus nietos, por ser esos fantasmas blancos, blanquísimos, que se pasean por las playas embadurnados en crema hasta las plantas de los pies.

Catalejo especializado en ver los peligros venir

Sus lentes prismáticas son capaces de predecir los movimientos de los nietos mucho antes de que los niños observados realicen cualquier desplazamiento.

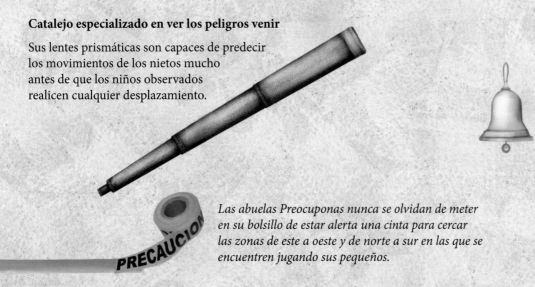

Campanillas

Imprescindibles para salir de casa. Cada nieto irá ataviado debidamente según la estación del año en la que se encuentren y con su campanilla personalizada. Las Preocuponas más extremas se empeñan en que los niños lleven sus campanillas incluso dentro de casa.

Las abuelas Preocuponas nunca se olvidan de meter en su bolsillo de estar alerta una cinta para cercar las zonas de este a oeste y de norte a sur en las que se encuentren jugando sus pequeños.

PRECAUCION

Abuela Que da de comer a las palomas

A estas abuelas las podemos encontrar en los parques o plazas de cualquier ciudad. Suelen ir cargadas con un bolso repleto de migas de pan. Las palomas, golondrinas, vencejos y gorriones acuden a su encuentro puntualmente. Según cuentan los catalogadores de abuelas, estas son familiares lejanas del flautista de Hamelín. Las aves las seguirían a cualquier lugar como animales amaestrados. Se cree que hablan el idioma de los pájaros y que a veces abandonan los parques desplegando unas alas tejidas con todo tipo de plumas. Son cariñosas, dulces, tímidas y silenciosas. Acunan a los más pequeños con nanas susurradas, que suenan a canciones ululadas por el viento del bosque. Son abuelas antiguas, de pelo cano, casi blanco, y moño en la nuca. Dentro de estas abuelas también podemos destacar a aquellas que dan de comer a los gatos callejeros. Estas son más modernas y habladoras, pasean por las ciudades seguidas por felinos que se relamen al verlas llegar.

Pajareras

Estas son las sofisticadas casitas que poseen los canarios, jilgueros, vencejos o palomas que deciden ir a veranear a la casa de una de estas abuelas. Están adosadas a las ventanas, tienen maravillosas vistas y pensión completa.

Palomitas de maíz

A cualquier hora, estas abuelas te sacan un bol rebosante de palomitas para ir aficionando a los niños al mundo de la ornitología.

¿Flauta de Hamelín?

Hay quienes dicen que la famosa flauta fue robada de la casa de una de estas abuelas. Dicen también que para compensarlas del hurto, fueron dotadas con una sonrisa capaz de atraer a todos los animales del planeta (aún no se ha probado con marcianos).

Abuela Que no abandona un sueño

Si quieres puedes, si quieres puedes, si quieres puedes. En el caso de las abuelas que nunca abandonan un sueño, esta no es un una frase más, sino una manera de entender la vida, si a esto sumamos que el paso del tiempo no les preocupa lo más mínimo, porque saben que, bien empleado, el tiempo da para hacer todo lo que uno se proponga, y que les fascinan los retos, nos encontramos frente a unas abuelas que no se detienen ante nada. Son capaces de desafiar incluso a la ley de la gravedad para conseguir lo que quieren. Sus nietos son los primeros en aprender a caminar, a hablar o a soñar despiertos. Son de la opinión de que todo lo que quieras, si de verdad de la buena lo quieres, es posible, solo tienes que empeñarte con todas tus ganas en conseguirlo. Y por supuesto, al contrario que las abuelas Tiquismiquis, creen fervientemente que es mucho mejor arrepentirse de algo que se ha hecho que de algo que nunca te atreviste a hacer. Son expertas en levantarse después de una caída y en saltar obstáculos. Estas abuelas, perseverantes e incansables, aunque como todas las abuelas conocidas tengan un buen par de zapatillas de andar por casa, prefieren ir descalzas porque de esta forma es más fácil caminar de puntillas, silenciosamente, para atrapar un sueño de un solo salto.

Libreta de doble cara

Empezando por la primera página, están las listas de sueños por conseguir. Empezando por la última, están los sueños conseguidos.

Almohadas para soñar cómodamente

Las hay con fundas de todos los colores y estampados. Lo realmente importante es que sean lo suficientemente blanditas como para soñar despierto.

Piedra lunar

Estas piedras parecen llegadas directamente de la luna. Y sí, llegan de la luna, pero a las abuelas que no abandonan un sueño siempre se las ha regalado una abuela Lunática.

Abuela Regalona

Una abuela Regalona piensa que no hace falta ningún motivo especial para *regalonear*, basta con tener delante a un niño, a la vista algo deseable y envolvible, y un rollo de papel de celofán en el bolso. Es fácil comprender que a ellos les encante pararse con estas abuelas delante de un escaparate, porque antes de que terminen de decir «quiero» ya tienen lo que ansiaban entre las manos, envuelto en papel de regalo y con su lazo correspondiente. Son más caprichosas que el más caprichoso de sus nietos y tan generosas que les salen amigos por todas partes. Les gusta ceder a todo tipo de antojos y las dependientas de las tiendas del barrio las atienden por su nombre. No hacen jamás la lista de la compra porque para «listas», ellas, que saben regatear mejor que nadie. Su frase es «los padres están para educarlos y los abuelos para malcriarlos». Son incapaces de negarles nada y en sus bolsillos llevan moñas de regalo para decorar paquetes envueltos en papel brillante. Sus casas son lugares acogedores, todo está dispuesto para la diversión y el juego. Son alérgicas a la tristeza y no pueden soportar el llanto de un bebé. Estén donde estén, sea la hora que sea y lleven la ropa que lleven, siempre, siempre tienen algún caramelo escondido, o dos, o tres, o ciento veinte, como en el caso de las abuelas Caramelitos*.

*Las abuelas Caramelitos

Son aquellas que por las mañanas se dedican a recorrer consultas de médicos, recepciones de hoteles y oficinas de abogados con el único fin de vaciar esas bandejas de caramelitos que hay en las recepciones (vaciar no, siempre dejan dos o tres para disimular) y por las tardes, con el material incautado, abastecen a sus nietos, a los amigos de sus nietos, a los nietos de cualquier otra abuela que no sepa que la tarea principal de una abuela es caramelear a sus nietos y, en general, a cualquier ser humano que tenga pinta de nieto.

Bandeja de la consulta del doctor Fernández después de recibir la inesperada visita de una abuela Caramelitos.

Que los caramelos siempre estén cubiertos por celofanes pringosos que cuesta desenvolver y que su sabor no suela corresponderse con el del color no les quita ningún mérito, ni las hace menos cariñosas a las abuelas Caramelitos.

Abuela Reina

Si concentrásemos apretaditas en una sola abuela todas las sabidurías y todas las habilidades de todas las abuelas existentes y por existir, el resultado final sería algo aproximado a lo que, en el mundillo de la abuelología, se conoce como abuela Reina, que es aquella que todo lo que sabe, y lo sabe todo, lo sabe más y mejor que el resto del mundo, sabios incluidos. La abuela Reina tiene una capacidad innata para aglutinar a toda su descendencia alrededor de mesas en las que nunca falta de nada; allí, entre los suyos, está en su salsa: dirige, ordena, comenta, regaña, adula, recuerda, previene, abraza, bromea y, sobre todo, *cariñea* a todos sus nietos, por muchos que haya, de arriba abajo y por los ocho costados. Todo el mundo ha padecido a una, ya sea porque es la que le ha tocado, ya sea porque es la que tiene uno de sus amigos; es la que corrige a las Sabelotodo, la que modifica las recetas de las Cocinillas, la que mejoraría los pasteles de las Reposteras, la que lo recuerda todo con pelos y señales, la que ha estado en más sitios que nadie, la que cuando canta nunca olvida las letras de las canciones, la que puede llegar a parecer un poco abuela repelente.

Dicen que han escuchado decir que las abuelas Reinas cuentan que un insolente guisante debajo de cien colchones les haría perder el sueño. Sin embargo, no hay ninguna prueba que verifique tal hecho, y es que es sencillamente imposible verificarlo, porque nunca ha acontecido que una abuela Reina haya conseguido subirse a lo alto de cien colchones. Su edad, unida a su inteligencia natural, les impide realizar tal proeza.

La abuela Reina prohíbe terminantemente a su prole cantar, ni siquiera susurrar tímidamente, la letra de esta canción. Lo que no puede impedir es que la abuela Repostera se la cante una y otra vez cuando la Reina sugiere que su tarta de chocolate está más tierna, más dulce, más en su punto. Más, más, más...

La sillita de la Reina
que nunca se peina
un día se peinó
y un piojo se sacó.

Abuela Repostera

Las abuelas Reposteras son tan dulces que nada más levantarse se perfuman con maicena, se maquillan con mermelada y se espolvorean la cara con azúcar glas. Viven rodeadas de cacerolas de todos los tamaños, cucharones de madera de todas las medidas y libretas deshojadas en las que con una letra pequeña, redondita y muy difícil de entender llevan un archivo histórico de todas las tartas, bizcochos y galletas que se han inventado desde que el primer humano probó algo dulce con el dedo índice y exclamó entornando los ojos «¡MMMMMM!».

Nadie más atareada que una abuela Repostera ya que, según ella, cualquier excusa es buena para celebrarla con una tarta, con una nueva variedad de mermelada de lo que sea o con algo buenísimo que normalmente tiene un nombre que cuesta mucho pronunciar. A las abuelas Reposteras se las reconoce fácilmente porque, de tanto probar sus cremas, sus compotas, sus gelatinas, sus chocolates... ¡MMMMM! tienen el dedo índice finísimo. Los niños más golosos siempre encuentran la manera de quedarse encerrados dentro de la despensa de una abuela Repostera que, por supuesto, no tiene nada que envidiarle en metros cuadrados al salón de la casa. Las más exageradas han instalado un sofá de tres plazas dentro de la alacena para poder saborear una tableta de chocolate, mientras disfrutas del aroma a vainilla que flota en el ambiente.

Ojo de medir las cosas a ojo

Las abuelas Reposteras no utilizan balanzas.

Rodillo

Indispensable en cualquier cocina de una abuela Repostera. Con él domestican a las masas más rebeldes.

Manga repostera

Bata con tres mangas:
dos para los brazos
y la manga repostera
para cremas
diversas.

RECETA DEL AUTÉNTICO
BIZCOCHO DE LA ABUELA

Ingredientes

- 6 huevos
- 2 yogures de limón
- 1 vasito de yogur de aceite de oliva
- 2 vasitos de yogur de azúcar
- 3 vasitos de yogur de harina
- 2 sobres de levadura
- La ralladura de un limón

En el orden de la lista, vamos añadiendo uno a uno los ingredientes en un bol hasta completarla. Se baten con energía y, una vez que la mezcla esté perfecta, se vierte en un molde previamente untado con mantequilla.
Se introduce en el horno a 150 grados y se espera aproximadamente una hora.

Abuela Rosa

Estas abuelas suelen ser menuditas y regordetas, como las magdalenas rellenas de crema. Son muy cursis y empalagosas, pero tan dulces que si les dieras un lametón se te quedaría en el paladar el mismo sabor que si te hubieras comido un mazapán. Son cuidadosas y cariñosas con los niños. En sus mejillas siempre hay un toque de colorete y sus sonrisas están pintadas con un sutil brillo de labios con sabor a frambuesa. Sus casas se distinguen porque las paredes de sus estancias están cubiertas de papel pintado, normalmente estampado con flores rosa palo, rosa fucsia, rosa pastel o rosa chicle. Los expertos en tonalidades están estudiando la posibilidad de incluir entre la gama de tonos pastel el «rosabuela». Los muebles de las habitaciones son muy rococó (les encanta esta palabra). Nunca les falta un sillón de acunar niños, cubierto por cojines aterciopelados rosas. Sus mascotas son fácilmente reconocibles, en el caso de los caninos son esos perritos abochornados, que además de ser los más pequeños entre sus congéneres, aprenden a silbar para no tener que saludar a los demás perros del parque, avergonzados por su indumentaria, que los hace parecer bebés peludos preparados para un bautizo. Aficionadas al merengue, les gusta engalanar todas las comidas con guindas o flores de azúcar. No pierden la ocasión para adornar a sus nietas con lazos, lacitos, moñas y horquillas. Nunca son suficientes y siempre hay un hueco en alguna parte de la cabeza para colocar otro pasador con una rosita de tul. Son detallistas y perfeccionistas, ordenadas y muy alegres. Cultivan flores y miman con especial delicadeza a las rosas sin espinas.

Camafeo

Un clásico dentro del mundo de las abuelas Rosa. Este colgante pende de una cadenita y esta cadenita tiene la medida justa para que la foto del abuelo enmarcada en su plateado camafeo quede eternamente sobre el corazón de la abuela.

Lazos, lacitos, lazadas, lacillos, lacetes... de todos los rosas conocidos y por conocer. Estudiosos en la ciencia de la abuelología han contabilizado más de 364.643 unidades por cada abuela Rosa.

Joyero

Estas abuelas gustan de ser extremadamente cuidadosas con sus joyas. Cada pocos días las sacan del armario y del joyero y las limpian con esmero, mientras cuentan a sus nietos la historia de cada una de las piezas.

Abuela Sabelotodo

*L*as distinguirás porque siempre van con un crucigrama entre las manos, en los últimos tiempos algunas Sabelotodo han sustituido este tradicional juego por el conocido sudoku. Les gusta la sopa de letras y su plato preferido son los libritos de ternera. No solo saben todo de todo sino que nada puede gustarles más que demostrarlo y si puede ser delante de sus amigas, mejor. Ver con ellas un concurso de televisión de esos de preguntas difíciles es una experiencia aterradora, porque contestan antes de que el presentador acabe la pregunta; a veces, hasta antes de que la formule. La mayoría de sus frases empiezan con un «¿Sabías que...?» o «Esto me recuerda que...», dos frases aparentemente inofensivas que les permiten ir encadenando temas hasta que sus interlocutores caen fulminados por empacho masivo de conocimientos. Pero a pesar de que con estas características podrían parecer unas abuelas bastante aburridas, tienen una sorprendente capacidad para atraer a los niños. Y es que la letra con dulces entra y ellas consiguen disfrazar la más aburrida de las lecciones de matemáticas en un juego de números con apellidos redundantes acompañados de pastel de chocolate. Sus nietos son aquellos que a la corta edad de seis años pueden resolver un problema de logaritmos neperianos sin pestañear. Si alguna vez, por una catástrofe inimaginable, se perdiesen todos los datos enciclopédicos mundiales, con un par de abuelas Sabelotodo se podrían recuperar en un par de tardes. Son encantadoras, y un poquito insoportables, pero encantadoras.

Cubo de Rubik

Este es el primer regalo que una Sabelotodo le hace a sus nietos cuando estos llegan al mundo. No esperan ni a que les salgan los dientes para explicarles el funcionamiento de este invento sin par.

El Quijote

El segundo regalo que recibe un nieto de una Sabelotodo es un volumen impecable de las aventuras y desventuras de El Caballero de la Triste Figura. Según ella, la edad idónea para recibirlo es el momento en el que el pequeño pronuncia con cierta claridad su primera palabra.

Arma indispensable

Lápiz de apuntar cosas que tienen que consultar, algunas lo llevan colocado en la oreja y esto las hace inconfundibles.

Reloj trucado

Sus agujas se desplazan con más lentitud de lo normal, lo que les permite aprovechar el tiempo para aprender más que nadie.

Frases y dichos... ¿Quién dice qué?

1 Del cerdo me gustan hasta los andares.

2 *A la larga todo se sabe.*

3 Quien no oye consejo, no llega a viejo.

4 *Una espina de besugo puede ser nuestro verdugo.*

5 Poderoso caballero es don dinero.

6 **Toca madera...**

7 ¡Abracadabra!

8 Yo me lo guiso, yo me lo como.

9 *Coser y cantar, todo es empezar.*

10 **¿Dónde están mis gafas?**

11 Todas las cosas fingidas caen como flores marchitas.

12 *Más sabe el diablo por viejo que por diablo.*

13 Rosa rosa, qué maravillosa, como flor hermosa.

14 Cuando hables procura que las palabras sean mejor que el silencio.

15 **En boca cerrada no entran moscas.**

16 *Uvas con queso saben a beso.*

17 *Feliz, feliz, no cumpleaños...*

18 **Va más guapo que un clavel.**

19 *Miel sobre hojuelas.*

20 *Ave de mar que busca madriguera anuncia tempestad de esta manera.*

21 Pasito a pasito se hace el caminito.

22 *Pablo, Guille, Rafa... aysss, Juan...*

23 *Al amor y fortuna, resistencia ninguna.*

24 Ayssss, tu abuelo, ayssss, tenía, aysss...

25 **¡¡¡Te he dicho que no andes descalzo!!!**

26 *Con pan y vino se hace el camino.*

27 *Posdata:*

28 *Quien a buen árbol se arrima buena sombra le cobija.*

29 Primero son mis dientes que mis parientes.

30 *Las cosas de palacio van despacio.*

31 *Quien canta sus males espanta.*

32 **A grandes males grandes remedios.**

33 *El saber no ocupa lugar.*

34 *Donde hay patrón no manda marinero.*

35 (Gesto de «habla bajito»).

36 No hay más fronteras que las de la imaginación.

37 Al revés te lo digo para que me entiendas.

38 Al mal tiempo buena cara.

39 Ante la desgracia y el dolor ten un poco de gracia y humor.

40 Ver, oír y callar.

41 **Érase que se era...**

42 Misi, misi, misi...

43 A la cama no te irás sin saber una cosa más.

44 Lo tengo repe...

45 *En 13 y martes, ni te cases ni te embarques.*

46 Sana, sana, culito de rana.

¿Quieres que te cuente el cuento de la buena pipa? Yo no te digo ni que sí ni que no...

47

Soluciones

- Abuela Consiguelotodo: 36, 39, 43.
- Abuela Que nunca abandona un sueño: 3, 21, 23, 36.
- Abuela Bruja: 7, 15, 25, 29, 40.
- Abuela Cocinilla: 1, 4, 8, 16, 26.
- Abuela Tejedora de cuentos: 23, 28, 36, 41, 45, 47.
- Abuela Viajera: 21, 36, 38.
- Abuela Melancólica: 14, 23, 24.
- Abuela Desmemoriada: 10, 22.
- Abuela Lunática: 37, 47.
- Abuela Musical: 9, 31.
- Abuela Tiquismiquis: 2, 15, 25, 28, 40.
- Abuela Que da de comer a las palomas: 20, 42.
- Abuela Rosa: 13, 23.
- Abuela Regalona: 17, 39.
- Abuela Preocupona: 3, 22, 25.
- Abuela Arreglacosas: 32, 33, 43.
- Abuela Costurera: 9, 21, 25.
- Abuela Sabelotodo: 14, 21, 28, 33, 43.
- Abuela Coleccionista: 44, 47.
- Abuela Jardinera: 11, 13, 18, 28.
- Abuela Reina: 12, 14, 25, 30, 39, 41.
- Abuela Curapupas: 28, 32, 39, 46.
- Abuela De negro: 2, 3, 15, 20, 21, 22, 25, 28.
- Abuela Moderna: 36, 38.
- Abuela Repostera: 16, 19.
- Abuela Guardasecretos: 35, 36, 37.
- Abuela Supersticiosa: 6, 45.
- Abuela Tacaña: 5, 8, 25.
- Abuela Por carta: 27, 36, 38.

Origen de cada una de las abuelas

N.º 1   **Origen cálido.** De padre auscultador de insomnios y madre tejedora de mantas abriga inviernos.

N.º 2   **Origen: el país de Nunca Jamás.** De padre coleccionista de letras y madre encuadernadora.

N.º 3   **Origen fenicio.** De padre con un marcado síndrome de Diógenes y madre aventurera.

N.º 4   **Origen: Susurrilandia.** De padre recolector y madre de caminar felino.

N.º 5   **Origen navideño.** De padre Rey Mago y madre envuelvelotodo.

N.º 6   **Origen: despensa de cocina.** De padre catador de reyes y madre coleccionista de aromas.

N.º 7   **Origen matemático.** De padre observador del cielo y madre científica.

N.º 8   **Origen real.** De padre y madre aglutinadores de carantoñas, dominantes y cariñosos.

N.º 9   **Origen: cestón de tela.** De padre hacedor de madejas y madre hilvanadora de retales.

N.º 10   **Origen: pueblecito dentro de un pueblito.** De padre mirador de horizontes y madre silenciosa.

N.º 11   **Origen desconocido.** De padre miedoso y madre hechicera.

N.º 12   **Origen: vergel paradisíaco.** De padre apicultor y madre hortelana.

N.º 13   **Origen: el Polo Este.** De padre lejano y madre hacedora de puntillas.

N.º 14   **Origen callejero.** De padre hipnotizador de pájaros y madre arrulladora de gatos.

N.º 15   **Origen horneadilandia.** De padre comedor de bollos de azúcar y madre decoradora.

N.º 16   **Origen: la noche oscura.** De padre escurridizo y madre aracnofóbica.

N.º 17   **Origen: el país color de rosa.** De padre hacedor de algodón de azúcar y madre coqueta.

N.º 18   **Origen: el desierto de Hamelín.** De padre banquero y madre avariciosa.

N.º 19   **Origen: el cauce de un sueño.** De padre cargado de alegría y madre besucona.

N.º 20   **Origen: la distancia.** De padre cartero y madre inventora de países lejanos.

Nº. 21   **Origen: el limbo de los sueños.** De padre escalador de cielos y madre experta en caer y ponerse de pie.

N.º 22   **Origen fronterizo.** De padre encendedor de fuego de globos aerostáticos y madre aviadora.

N.º 23   **Origen: taller mecánico.** De padre aficionado a los cables y madre enchufada a la tele.

N.º 24   **Origen: la desconocida isla de la Nostalgia.** De padre de mirada lánguida y madre dulce.

N.º 25   **Origen: al Norte del Norte.** Padre alérgico a los besos y madre hechicera de fantasmas.

N.º 26   **Origen lunar.** De padre contador de estrellas y madre poetisa.

N.º 27   **Origen melódico.** De padre lutier y madre afinadora de ruidos.

N.º 28   **Origen digital.** De padre inventor de días futuros y madre aficionada a enredar cables.

N.º 29   ¿Dónde se ha metido la abuela desmemoriada?

N.º 1 Curapupas

N.º 2 Cuentacuentos

N.º 8 Reina

N.º 9 Costurera

N.º 15 Repostera

N.º 16 Preocupona

N.º 22 Viajera

N.º 23 Arreglacosas

N.º 3 Coleccionista

N.º 4 Guardasecretos

N.º 5 Regalona

N.º 6 Cocinilla

N.º 7 Sabelotodo

N.º 10 De negro

N.º 11 Supersticiosa

N.º 12 Jardinera

N.º 13 Tiquismiquis

N.º 14 Que da de comer a las palomas

N.º 17 Rosa

N.º 18 Tacaña

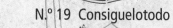

N.º 19 Consiguelotodo

N.º 20 Por carta

N.º 21 Que no abandona un sueño

N.º 24 Melancólica

N.º 25 Bruja

N.º 26 Lunática

N.º 27 Musical

N.º 28 Moderna

Abuela Supersticiosa

De las infinitas superabuelas que hay, la más súper de todas es la abuela Supers...ticiosa. Tiene poco tiempo para ser abuela ya que casi todas las horas del día se le van en aplicar una infinidad de remedios antimala suerte que conoce de toda la vida y que, bien aplicados, le permiten vivir hasta los trescientos doce años con una salud relativamente buena. No puede empezar el día con el pie izquierdo porque da mala suerte, se maquilla casi sin mirarse al espejo no sea que se le rompa y les de un yuyu. Las abuelas Supersticiosas coleccionan herraduras, llevan siempre un trozo de madera para poder tocarlo en caso de emergencia y un saquito de arroz por si se tropiezan con una boda. Cultivan tréboles de cuatro hojas en las bañeras, nunca salen de casa sin un poco de perejil y son expertas apagando pasteles de un soplido y lanzando monedas a cualquier pozo que se les ponga a tiro. Sus nietos de ninguna manera pueden ser trece y, aunque a veces resulte un poco estresante, nunca te aburres con una abuela Supersticiosa: a todo le ven peligro y para cualquier peligro tienen una solución.

Siempre llevan en uno de sus bolsillos y muy a mano un listado de los ingredientes que sirven como antídoto para combatir a la mala suerte.

Listado de cosas imprescindibles

1. *tréboles de cuatro hojas*
2. *pata de conejo*
3. *herradura*
4. *taco de madera*
5. *ramita de perejil*
6. *saquito de arroz*
7. *puñado de monedas*

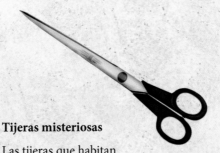

Salero

Este sofisticado salero lo inventó una abuela supersticiosa. Su forma completamente redonda asegura que el contenido no se derrame jamás de los jamases.

Tijeras misteriosas

Las tijeras que habitan en las casas de las abuelas supersticiosas siempre, siempre, siempre permanecen cerradas. Es un misterio cómo consiguen cortar sin abrir sus bocas.

Abuela Tacaña

Llamas a la puerta de una abuela tacaña a la hora de la merienda y casi seguro que no te abre y si te abre, peor, porque seguramente te saca las mismas galletas que te sacó la última vez, unas que sobraron de la Comunión de tu madre y que guarda en una lata mohosa porque «nunca se sabe». Es verdad, «nunca se sabe», pero sí que es de conocimiento público que la vida de una galleta, por mucho que no vea la luz, es limitada. Es por eso que los nietos de estas abuelas, cuando van a visitarlas, siempre llevan la merienda puesta. Sin embargo, salir con ellas a pasear no está del todo mal porque en todo momento tienen las manos ocupadas en no despreocuparse de su bolso ni medio segundo, así que les resulta imposible llevar cogidas las manos de los niños que las acompañan, ni siquiera para cruzar la calle, cosa que a los nietos de una abuela Preocupona les parece fascinante. Las abuelas Tacañas no son conscientes de que lo son, ellas están convencidas de que son ahorradoras, quizá con exceso, y de que, si todo el mundo fuese tan sensato como ellas, iríamos mucho mejor. Y probablemente tengan razón, iríamos mucho mejor pero estaríamos todos muchísimo más tristes porque ¿hay algo más divertido que vivir plenamente el presente sin sufrir por el mañana? No. Últimamente están más crecidas que nunca porque la moda ecologista («después me decís que soy una carca») les ha venido a dar la razón: ¡Basta de consumo! ¡Tenemos que reciclar! ¡¡¡Tenemos que utilizar energías naturales!!! ¿A quién se lo van a contar, si no consumen nada desde que nacieron? Las abuelas Tacañas besuquean con un único beso, han aprendido a hacer llamadas perdidas y si te dan las buenas tardes, seguro que al poco rato te piden que se las devuelvas.

Periódico de ayer o ayeres

Nunca leen la prensa del día, recogen los periódicos abandonados en los bancos. Y es que les parece un gasto absurdo; total, qué son 24 horas de retraso respecto al mundo. Saber lo que ocurre cada día no compensaría el dolor de muelas (aprietan los dientes cada vez que pagan algo) que les produce despilfarrar en lo que consideran lujos.

Aldaba antiderroches

Aldaba de la puerta de una abuela Tacaña. Los timbres gastan demasiada electricidad.

Billete de diez euros para regalar a un familiar muy cercano el día de su cumpleaños. Tiene la peculiaridad de ir atado a un hilo de pescar. De manera que una vez que lo han entregado, solo tienen que tirar de él para recuperarlo.

Abuela Tejedora de cuentos

*S*iempre parecen recién llegadas de un lejano cuento. Algunos expertos aseguran que las han visto entrar volando por la ventana del dormitorio. Lo más característico de estas abuelas es su peculiar mirada, que cambia de color según el cuento que se les venga a la cabeza. Iris azul, para los cuentos de cielos claros y soles brillantes, verde hoja para las historias de bosques encantados, pardo cuando recitan cuentos de otoño.

Conocen todas las palabras del mundo y saben colocarlas en el lugar oportuno, por eso son infalibles a la hora de inventar personajes, y estos son siempre tan reales que hay niños que incluso son capaces de tocarlos. Tejen relatos que dejan boquiabiertos a sus nietos. De la Z a la A y de la A a la Z, hilan las letras del abecedario para trenzar historias que se quedan para siempre danzando en la imaginación de los que saben escucharlas. Quedarse a dormir en casa de una abuela Tejedora de cuentos es siempre una aventura, los nietos eligen el destino al que quieren que viaje su imaginación, después solo queda ponerse el pijama y esperar... casualmente los nombres de los protagonistas siempre coinciden con los nombres de sus nietos. Dentro de estas abuelas se encuentra el grupo de las Scheherezade, que se distinguen por dejar siempre el final del cuento para mañana, asegurándose así que los niños intrigados volverán.

Juego de la abuela Tejedora de cuentos: de dos a infinitos jugadores
Necesitas un reloj de arena, cuaderno, lápiz e imaginación.
Cada jugador anota un nombre propio y dos objetos. Después los participantes intercambian las anotaciones, se gira el reloj de arena y siguiendo el orden de las manecillas del reloj, cada jugador tiene un minuto de tiempo para narrar una parte de la historia, en la que obligatoriamente tienen que aparecer las palabras escritas en el papel que les ha correspondido. Ganan todos los participantes.

Rosa de los cuentos
Florece cuando es temporada de relatos en verso.

ABCDEFG
HIJKLMN
OPQRSTU
VWXYZ

Abecedario para tejer cuentos

Para escribir versos y relatos... una letra aquí y una letra allá... una historia diferente para contar... La abuela pone el principio y tú pones el final.

Hada disfrazada de mariposa

Revolotean sobre los libros de una abuela Tejedora de cuentos.

Abuela Tiquismiquis

Son abuelas extremadamente ordenadas y metódicas. Todas las horas del día esconden una obligación. Su lema es: cada cosa en su momento y en su lugar. Les gustan los niños limpios y repeinados, a ser posible, sentaditos y silenciosos. Cualquier cosa que se salga de la norma les resulta un caos, más de un niño a la vez es un alboroto, una carrera infantil por un pasillo les provoca un dolor de cabeza insoportable. Se ponen de mal humor con facilidad, basta una mancha de chocolate en el mantel para hacer que pierdan los nervios. Son muy pulcras y es imposible encontrar una arruga o pliegue en sus faldas, siempre perfectamente planchadas. Huelen a perfume de rosas, pero si te acercas mucho al cuello de sus camisas podrás reconocer el olor a almidón de sus ropas. Sus armarios exhalan olor a bolitas de alcanfor y a frío. En sus casas no hay lugar para la comodidad ni el juego, sus nietos siempre van de visita. Sin embargo, estas abuelas gustan de presumir de sus pequeños en las casas de vecinas y amigas. En esas ocasiones, las abuelas Tiquismiquis se empeñan en ser amables con los niños y pueden regalarles cualquier cosa, pero con la condición de parecer fotografías y no sin que antes pasen por el suplicio de los vestidos con enormes lazos, el pelo estirado con peines de púas finas y empapado en colonia, y las blusas abotonadas hasta el cuello.

Peine de púas finas

Estos instrumentos malignos parecen disfrutar dando tirones a las cabelleras de los niños. Las Tiquismiquis van siempre armadas con ellos y lo mismo atacan a sus nietos al sacarlos de la bañera que en medio de la cola del súper, para hacer tiempo. «El cabello nunca está lo suficientemente desenredado», dicen.

Felpudo

Están por todas partes y, en la puerta de cada una de las habitaciones de estas abuelas, que no dejan que los niños den más de 23 pasos sin volver a limpiar las suelas de sus zapatos sobre ellos.

Abuela Viajera

Estas abuelas son valientes, intrépidas, atrevidas y muy inquietas. Les gusta husmear en lo desconocido, curiosear los mapas de las más recónditas ciudades del mundo y cazar aventuras al vuelo. Guardan bajo la cama una maleta compañera, que siempre está ansiosa por salir de viaje. Las abuelas Viajeras saben decir «buenos días» y «por favor» en todos los idiomas y si en alguno no saben, aprenden en un periquete o se hacen entender con mímica, por eso son grandes conversadoras gestuales y las comprenden hasta los bebés recién nacidos. Tienen un álbum de fotos por cada viaje que han realizado, así que verlos en una sola tarde es completamente imposible. En la sobremesa hay que estar atentos ya que el más mínimo descuido puede ser fatal. Así, un simple, «abuela por favor, ¿me traes agua?» será interpretado por la abuela Viajera de una sola manera, y como un resorte desaparecerá para reaparecer unos segundos después con una jarra china hasta arriba de agua en una mano y en la otra, incluso arriesgando su vida, los 243 álbumes que en su estantería descansan bajo el apartado que reza «Viajes por mares, ríos y cataratas varias». Entonces comienza a relatar sus peripecias por los cinco continentes y por sus ojos empiezan a navegar barcos y a nadar delfines y sirenas y todo tipo de especies marinas. Hay un problema: a menudo, cuando van por la mitad de una historia, empiezan a sentir unas ganas irrefrenables de salir de viaje y existe el riesgo de que la aventura no encuentre su final. Estas abuelas tienen siempre a mano su pasaporte, sellado en todas las páginas, unas buenas botas de andar por cualquier parte en el armario y la mirada infinita.

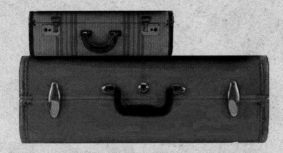

Maletas

Estas maletas conocen secretos de muchos lugares. Les encantan los aeropuertos, las estaciones y los billetes de avión. Viven bajo la cama de una abuela Viajera, deseando ser abiertas y llenarse de aventuras.

Postal

Si tienes la suerte de tener una abuela Viajera, puedes pedirle que te envíe una postal desde cada uno de sus destinos. Así podrás coleccionarlas y esperarás al cartero con una gran sonrisa. Quién sabe si tú mismo serás de mayor una abuela Coleccionista.

Modo de uso de un mapamundi de una abuela Viajera

Con los ojos cerrados, coloca el dedo índice sobre el mapa, a continuación, abre los ojos y descubre el destino al que te llevarán tus pasos y comienza a preparar el viaje.

Puedes comprobar que las etiquetas que portan las abuelas retratadas en esta foto están vacías,
en ellas no detallamos qué abuela es cada cuál. Antes de que cierres este libro, te ponemos a prueba.

¿Sabrías decirnos qué abuela es cada una de ellas?